INNER MONGOLIA 2024
第十四届全国冬季运动会

新华社记者镜头下的
第十四届全国冬季运动会

本书编写组◎编

新华出版社

图书在版编目（CIP）数据

新华社记者镜头下的第十四届全国冬季运动会 / 本书编写组编.
－－ 北京：新华出版社，2024.4
ISBN 978－7－5166－7377－5

Ⅰ. ①新⋯　Ⅱ. ①本⋯　Ⅲ. ①新闻报道－作品集－中国－当代
Ⅳ. ①I253.4

中国国家版本馆CIP数据核字（2024）第075117号

新华社记者镜头下的第十四届全国冬季运动会

编　　者：本书编写组	
出 版 人：匡乐成	选题策划：赵怀志
责任编辑：刘　芳　陈思淇	封面设计：华兴嘉誉
特约编辑：孟子涵　邱姿爽	

出版发行：新华出版社
地　　址：北京石景山区京原路8号　　　邮　　编：100040
网　　址：http://www.xinhuapub.com
经　　销：新华书店、新华出版社天猫旗舰店、京东旗舰店及各大网店
购书热线：010－63077122　　　中国新闻书店购书热线：010－63072012
照　　排：六合方圆
印　　刷：河北鑫兆源印刷有限公司
成品尺寸：170mm×240mm　1/16
印　　张：18　　　　　　　　　字　　数：180千字
版　　次：2024年4月第一版　　　印　　次：2024年4月第一次印刷
书　　号：ISBN　978－7－5166－7377－5
定　　价：108.00元

目录

新华社记者镜头下的
第十四届全国冬季运动会

燃情
冰雪

※ 2024 年 2 月 17 日，各代表团旗帜
在开幕式上。（新华社记者连振摄）

❋ 2024 年 2 月 17 日，中华人民共和国国旗在开幕
式上入场。（新华社记者任军川摄）

* 2024 年 2 月 17 日，中华人民共和国国旗在
开幕式上飘扬。（新华社记者李博摄）

❄ 2024 年 2 月 17 日，中华人民共和国冬季运动会会旗执旗手
隋文静（前左）在开幕式上入场。（新华社记者杨晨光摄）

燃情冰雪

❋ 2024 年 2 月 17 日，火炬手彭程（左）与火炬手
刘奕杉在开幕式上传递火炬。（新华社记者李博摄）

❋ 2024 年 2 月 17 日，第十四届全国冬季运动会
火炬在开幕式上传递。（新华社记者黄伟摄）

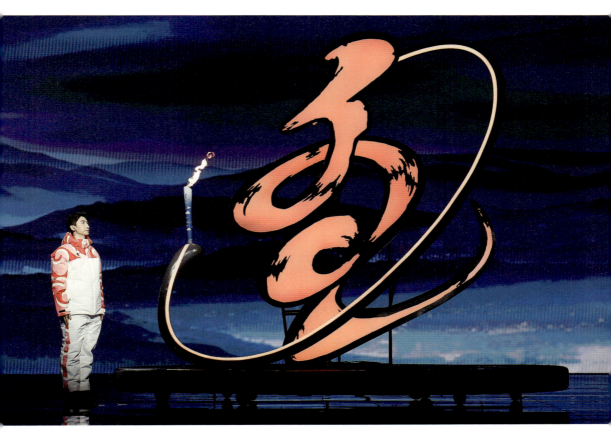

✳ 2024 年 2 月 17 日，火炬手武大靖在开幕式
　上点燃主火炬。（新华社记者李博摄）

中华人民共和

✳ 2024 年 2 月 17 日，第十四届全国冬季运动会吉祥物"安达"（右）和"赛努"在开幕式上表演。（新华社记者黄伟摄）

✳ 2024 年 2 月 17 日，演员在开幕式上表演。
（新华社记者姜帆摄）

新华社记者镜头下的第十四届全国冬季运动会

❄ 2024 年 2 月 17 日，演员在开幕式上
表演。（新华社记者姜帆摄）

* 2024 年 2 月 17 日，演员在开幕式上
  表演。（新华社记者陈欣波摄）

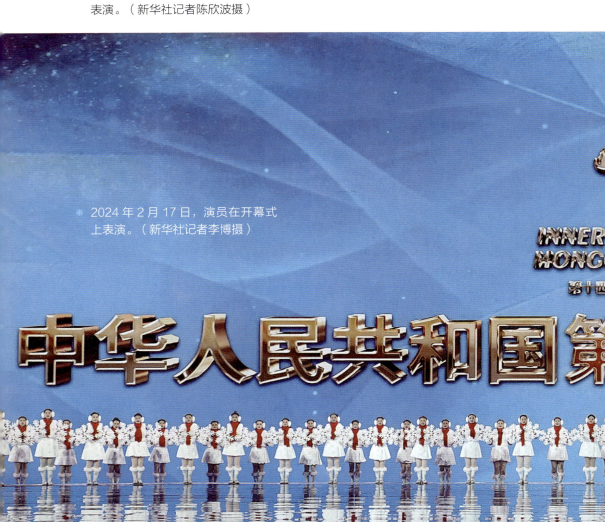

* 2024 年 2 月 17 日，演员在开幕式
  上表演。（新华社记者李博摄）

※ 2024 年 2 月 17 日，演员在开幕式上表演。（新华社记者李博摄）

✳ 2024 年 2 月 17 日，演员在开幕式
上表演。（新华社记者连振摄）

✳ 2024 年 2 月 17 日，演员在开幕式上表演。
（新华社记者连振摄）

※ 2024 年 2 月 17 日，第十四届全国冬季运动会主火炬在开幕式上被点燃。（新华社记者李欣摄）

新华社记者镜头下的第十四届全国冬季运动会

* 2024 年 2 月 17 日，第十四届全国冬季运动会主火炬在开幕式上被点燃。（新华社记者连振摄）

火炬传递

❋ 2024年2月3日，在内蒙古呼伦贝尔市满洲里国门景区，第一棒火炬手王桂芳（前）手持火炬。（新华社记者连振摄）

＊ 2024 年 2 月 3 日，火炬手米吉格道尔吉在火炬传递
活动中骑马传递火炬。（新华社发　西日呼摄）

❋ 2024 年 2 月 3 日，火种护卫
员在收火仪式上展示火种灯。
（新华社记者连振摄）

❋ 2024 年 2 月 3 日，火种护卫员在收火仪式上将火种引入火种灯。（新华社发　康文魁摄）

❋ 2024 年 2 月 3 日，在内蒙古呼伦贝尔市满洲里国门景区，第一棒火炬手王桂芳（前左）展示火炬。（新华社记者连振摄）

　＊　2024 年 2 月 3 日，在内蒙古呼伦贝尔市满洲里国门景区，火炬手包玲玲（右）和钱卓在火炬传递活动中。（新华社记者连振摄）

　＊　2024 年 2 月 3 日，火炬手景晓涛（右）、乌兰托娅在火炬传递活动中。（新华社发　康文魁摄）

❋ 2024 年 2 月 3 日，火炬手孟繁英在火炬
传递活动中。（新华社发　康文魁摄）

✳ 2024 年 2 月 3 日，火炬手孟和吉干（左）和米吉格道尔吉
在火炬传递活动中。（新华社发　西日呼摄）

✳ 2024 年 2 月 3 日，火炬手宋桂旭在收火
仪式上。（新华社记者连振摄）

新华社记者镜头下的第十四届全国冬季运动会

* 2024年2月3日，火炬手宋玉环（前右）、景晓涛（前左）在火炬传递活动中。（新华社发　康文魁摄）

* 2024年2月3日，火炬手郑璐在火炬传递活动中。（新华社记者彭源摄）

＊ 2024 年 2 月 3 日，人们在路边观看
火炬传递。（新华社发　康文魁摄）

＊ 2024 年 2 月 3 日，人们在路边观看
火炬传递。（新华社发　康文魁摄）

❄ 2024 年 2 月 3 日，孩子们观看火炬传递。
（新华社发　康文魁摄）

❄ 2024 年 2 月 27 日，演员在闭幕式现场
表演。（新华社记者胥冰洁摄）

✽ 2024 年 2 月 27 日，香港花样滑冰队工作人员
在闭幕式后合影。（新华社记者连振摄）

✳ 2024 年 2 月 27 日，第十四届全国冬季运
动会组委会主任、国家体育总局局长高志丹
致闭幕辞。（新华社记者黄伟摄）

✳ 2024 年 2 月 27 日，第十四届全国冬季运动会组委会
副主任、国家体育总局副局长周进强（前）在闭幕式
上发言。（新华社记者连振摄）

❋ 2024 年 2 月 27 日，第十四届全国冬季运动会组委会副主任、
  纪委会主任、国家体育总局副局长王瑞连（前右）在闭幕式
  上向内蒙古自治区赠送纪念品。（新华社记者连振摄）

❋ 2024 年 2 月 27 日，第十四届全国冬季运动会组委会执行主任、内蒙古
  自治区主席王莉霞（前）在闭幕式上发言。（新华社记者黄伟摄）

新华社记者镜头下的第十四届全国冬季运动会

＊ 2024 年 2 月 27 日，中华人民共和国国旗、中华人民共和
国冬季运动会会旗、中华人民共和国第十四届冬季运动会
会旗在闭幕式上飘扬。（新华社记者李博摄）

❄ 2024 年 2 月 27 日，第十四届全国冬季运动会组委
会主任、国家体育总局局长高志丹（前中）在闭幕
式上交接会旗。（新华社记者连振摄）

❋ 2024 年 2 月 27 日，第十四届全国冬季运动会组委会主任、国家体育总局局长高志丹（左）与第十五届全国冬季运动会承办地辽宁省省长李乐成在闭幕式上交接会旗。（新华社记者陈欣波摄）

❋ 2024 年 2 月 27 日，演员在闭幕式上
　 表演。（官方摄影供图）

❆ 2024 年 2 月 27 日，演员在闭幕式
上表演。（官方摄影供图）

❄ 2024 年 2 月 27 日，演员在闭幕式上表演。（新华社记者杨晨光摄）

❄ 2024 年 2 月 27 日，演员在闭幕式上表演。（官方摄影供图）

* 2024 年 2 月 27 日，演员在闭幕式上表演。
（新华社记者连振摄）

* 2024 年 2 月 27 日，演员在闭幕式上
表演。（新华社记者连振摄）

❋ 2024 年 2 月 27 日，演员在闭幕式上
表演。（新华社记者连振摄）

✳ 2024 年 2 月 27 日，演员在闭幕式
上表演。（官方摄影供图）

❋ 图为 2024 年 2 月 27 日拍摄的闭幕式
  现场。（新华社记者李欣摄）

✳ 2024 年 2 月 27 日，演员在闭幕式
  上表演。（官方摄影供图）

❄ 2024 年 2 月 27 日，演员在闭幕式上表演。（官方摄影供图）

❄ 2024 年 2 月 27 日，演员在闭幕式上表演。（新华社记者连振摄）

❄ 2024 年 2 月 27 日，演员在闭幕式上
表演。（新华社记者李博摄）

✳ 2024 年 2 月 27 日，演员在闭幕式上表演。
（新华社记者胥冰洁摄）

✳ 2024 年 2 月 27 日，演员在闭幕式
现场表演。（新华社记者胥冰洁摄）

✳ 2024 年 2 月 27 日，演员在闭幕式上
表演。（官方摄影供图）

* 2024 年 2 月 27 日，演员在闭幕式上
  表演。（新华社记者黄伟摄）

* 2024 年 2 月 27 日，演员在闭幕式上
  表演。（官方摄影供图）

※ 2024 年 2 月 27 日，演员在闭幕式上表演。
（官方摄影供图）

2024 年 2 月 27 日，演员在闭幕式上
表演。（新华社记者胥冰洁摄）

❋ 2024 年 2 月 27 日，演员在闭幕式上
表演。（官方摄影供图）

❋ 2024 年 2 月 27 日，演员在闭幕式上
表演。（官方摄影供图）

❄ 2024 年 2 月 27 日，演员在"十四冬"
闭幕式上表演。（官方摄影供图）

❄ 2024 年 2 月 27 日，演员在闭幕式上表演。
（新华社记者连振摄）

❋ 图为 2024 年 2 月 27 日拍摄的闭幕式现场。
（新华社记者李欣摄）

✳ 图为 2024 年 2 月 27 日在内蒙古冰上运动训练中心拍摄的第十四届全国冬季运动会主火炬。（新华社记者邓华摄）

❋ 图为 2024 年 2 月 27 日在内蒙古冰上运动训练中心拍摄的第十四届全国冬季运动会主火炬。（新华社记者连振摄）

INNER
MONGOLIA 2024
第十四届全国冬季运动会

新华社记者镜头下的
第十四届全国冬季运动会

直通赛场

* 2024 年 1 月 9 日，山西队选手齐珈铭在混双第一轮比赛中掷壶。当日，第十四届全国冬季运动会冰壶（青年组）比赛在内蒙古呼伦贝尔市海拉尔区内蒙古冰上运动训练中心冰球冰壶馆开赛。（新华社记者王楷焱摄）

❋ 2024 年 2 月 21 日，内蒙古队选手田琳塬（右三）、贺丹（右一）、叶晶晶（右二）在比赛中。内蒙古队 11 比 1 战胜天津队。当日，第十四届全国冬季运动会冰壶项目公开组女子循环赛首轮比赛在呼伦贝尔市内蒙古冰上运动训练中心举行。（新华社记者陈欣波摄）

❋ 2024 年 2 月 23 日，甘肃队选手闫琴（左）、赵欣然在比赛中。最终，甘肃队 6 比 9 不敌天津队。当日，第十四届全国冬季运动会冰壶项目公开组女子循环赛第四轮比赛在呼伦贝尔市内蒙古冰上运动训练中心举行。（新华社记者杨晨光摄）

❋ 2024 年 1 月 17 日，天津队选手曹天硕（下）在比赛中呐喊。当日，在第十四届全国冬季运动会冰壶青年组男子金牌赛中，天津队 8 比 4 战胜青海队，夺得金牌。（新华社记者刘磊摄）

❋ 2024 年 2 月 26 日，河北队选手李智超（左）和谢兴银在比赛中擦冰。当日，在第十四届全国冬季运动会冰壶项目公开组男子金牌赛中，河北队 5 比 4 战胜福建队，夺得冠军。（新华社记者姜帆摄）

❋ 2024 年 2 月 27 日，黑龙江队球员孙镜坤（中）在比赛中拼抢。当日，在内蒙古冰上运动训练中心冰球馆举行的第十四届全国冬季运动会冰球项目男子青年组决赛中，北京队 5 比 2 战胜黑龙江队，获得冠军。（新华社记者邓华摄）

❄ 2024 年 2 月 26 日，北京队队员庆祝夺冠。当日，在内蒙古冰上运动训练中心冰球馆举行的第十四届全国冬季运动会青年组女子冰球金牌赛中，北京队 3 比 1 战胜四川队，夺得冠军。（新华社记者邓华摄）

﹡ 2024 年 2 月 24 日，内蒙古队球员刘昕睿（右）在射门比赛中攻入致胜球。当日，第十四届全国冬季运动会冰球项目男子青年组淘汰赛在内蒙古冰上运动训练中心冰球馆举行。最终通过射门比赛，内蒙古队 4 比 3 战胜四川队，晋级半决赛。（新华社记者邓华摄）

﹡ 2023 年 7 月 14 日，广东队球员朱瑞（右）与河北队球员张梓盈（中）在比赛中争球。当日，在内蒙古呼伦贝尔市海拉尔区举行的第十四届全国冬季运动会女子冰球（公开组）比赛中，河北队以 0 比 6 不敌广东队。（新华社记者贝赫摄）

✳ 2024 年 2 月 26 日，北京队队员李可（左）在比赛中带球突破。当日，在内蒙古冰上运动训练中心冰球馆举行的第十四届全国冬季运动会青年组女子冰球金牌赛中，北京队 3 比 1 战胜四川队，夺得冠军。（新华社记者邓华摄）

❄ 图为 2023 年 7 月 12 日拍摄的位于内蒙古呼伦贝尔市海拉尔区的
内蒙古冰上运动训练中心冰球冰壶馆。第十四届全国冬季运动会于
2024 年 2 月 17 日至 2 月 27 日在内蒙古举办，本届冬运会将设 8
个大项、16 个分项、176 个小项。（新华社记者贝赫摄）

❋ 图为 2023 年 7 月 12 日拍摄的位于内蒙古呼伦贝尔市海拉尔区的内蒙古冰上运动训练中心冰球冰壶馆观众席。（新华社记者贝赫摄）

❋ 图为 2023 年 7 月 12 日拍摄的位于内蒙古呼伦贝尔市海拉尔区的内蒙古冰上运动训练中心冰球冰壶馆内的文创产品展示区。（新华社记者贝赫摄）

图为 2023 年 7 月 12 日拍摄的位于内蒙古呼伦贝尔市海拉尔区的内蒙古冰上运动训练中心冰球冰壶馆内部。第十四届全国冬季运动会于 2024 年 2 月 17 日至 2 月 27 日在内蒙古举办，本届冬运会将设 8 个大项、16 个分项、176 个小项。（新华社记者贝赫摄）

❋ 2024 年 1 月 13 日，吉林队选手王晔（左）在比赛中。
当日，在第十四届全国冬季运动会短道速滑青年组女子
500 米 A 组决赛中，吉林队选手王晔以 44 秒 456 的成
绩获得冠军，另外两位吉林队选手宋一霏、宋佳蕊分获
亚军、季军。（新华社记者连振摄）

❋ 2024 年 1 月 13 日，参赛选手在短道速滑青年组男子 500 米 A 组决赛中冲刺。（官方摄影供图）

✳ 2024 年 2 月 15 日，观众在短道速滑（公开组）男子 1500 米四分之一决赛中为选手们加油。（新华社记者李博摄）

❅ 2024 年 2 月 16 日，山东队选手贾惠凌（左一）、于松楠（左二）
在比赛中。当日，第十四届全国冬季运动会短道速滑（公开组）
混合团体接力决赛在内蒙古呼伦贝尔市海拉尔区内蒙古冰上运动
训练中心短道速滑馆举行。山东队以 2 分 42 秒 906 的成绩获
得冠军。（新华社记者胥冰洁摄）

2024 年 2 月 15 日，黑龙江队选手任子威（前）在短道速滑（公开组）男子 1500 米四分之一决赛中。最终，他顺利晋级。（新华社记者李博摄）

※ 2024年2月17日，参赛选手在比赛中。当日，第十四届全国冬季运动会短道速滑（公开组）女子3000米接力半决赛在内蒙古呼伦贝尔市海拉尔区内蒙古冰上运动训练中心短道速滑馆举行。（新华社记者黄伟摄）

❋ 2024 年 2 月 17 日，张楚桐在比赛中。当日，在内蒙古呼伦贝尔市海拉尔区内蒙古冰上运动训练中心短道速滑馆举行的第十四届全国冬季运动会短道速滑（公开组）女子 500 米决赛中，吉林队选手张楚桐以 43 秒 011 的成绩夺得冠军，吉林队选手王艺潮和辽宁队选手吕晓彤分别获得亚军、季军。（新华社记者李博摄）

　　　　　　　　　　　　　　　新华社记者镜头下的第十四届全国冬季运动会

✳ 2024 年 2 月 17 日，孙龙（左）与刘少昂赛后握手庆祝。当日，在内蒙古呼伦贝尔市海拉尔区内蒙古冰上运动训练中心短道速滑馆举行的第十四届全国冬季运动会短道速滑（公开组）男子 500 米决赛中，吉林队选手孙龙以 41 秒 046 的成绩夺得冠军，天津队选手刘少昂和黑龙江队选手任子威分别获得亚军、季军。（新华社记者黄伟摄）

✳ 2024 年 2 月 18 日，黑龙江队选手林孝埈（左）在比赛中摔倒。当日，在内蒙古呼伦贝尔市海拉尔区内蒙古冰上运动训练中心短道速滑馆举行的第十四届全国冬季运动会短道速滑（公开组）男子 1000 米决赛中，吉林队选手孙龙以 1 分 26 秒 394 的成绩夺得冠军，山东队选手李文龙和天津队选手刘少昂分别获得亚军、季军。（新华社记者黄伟摄）

❋ 2024年2月18日，山东队选手贾惠凌（左一）在比赛中滑倒。最终，她获得第五名。当日，第十四届全国冬季运动会短道速滑公开组女子 1000 米决赛在内蒙古呼伦贝尔市海拉尔区内蒙古冰上运动训练中心短道速滑馆举行。（新华社记者胥冰洁摄）

＊ 2024 年 2 月 18 日，孙龙（左）与黑龙江队选手林孝埈在比赛中。当日，在
内蒙古呼伦贝尔市海拉尔区内蒙古冰上运动训练中心短道速滑馆举行的第十四
届全国冬季运动会短道速滑（公开组）男子 1000 米决赛中，吉林队选手孙龙
以 1 分 26 秒 394 的成绩夺得冠军，山东队选手李文龙和天津队选手刘少昂分
别获得亚军、季军。（新华社记者黄伟摄）

❋ 2024 年 2 月 18 日，黑龙江队选手王欣然（中）在赛后激动落泪。当日，第十四届全国冬季运动会短道速滑（公开组）女子 3000 米接力决赛在内蒙古呼伦贝尔市海拉尔区内蒙古冰上运动训练中心短道速滑馆举行，黑龙江队以 4 分 13 秒 075 的成绩获得冠军，辽宁队和山东队分获亚军和季军。（新华社记者连振摄）

❋ 2024 年 2 月 25 日，吉林队选手石伟强（左）与青海队选手陈彦宇在速度滑冰青年组男子 A 组 500 米比赛中滑倒。（官方摄影供图）

2024 年 2 月 21 日，北京队组合彭程（上）/ 王磊在花样滑冰公开组团体赛双人滑短节目项目比赛中。（新华社记者连振摄）

❋ 2024 年 2 月 25 日，北京队组合彭程（右）/ 王磊在双人滑自由滑比赛中。当日，在内蒙古呼伦贝尔市海拉尔区内蒙古冰上运动训练中心举行的第十四届全国冬季运动会花样滑冰（公开组）双人滑比赛中，北京队组合彭程 / 王磊以 198.39 分的总成绩夺得冠军。（新华社记者胥冰洁摄）

✳ 2024 年 2 月 24 日，浙江队组合卢妤（左）/张陈航在公
开组冰上舞蹈韵律舞比赛中。（官方摄影供图）

2024 年 2 月 25 日，内蒙古选手陈虹伊在公开组
女子单人滑自由滑比赛中。（官方摄影供图）

✳ 2024 年 2 月 27 日，北京队组合彭程（上）/ 王磊在
花样滑冰表演滑中。（新华社记者连振摄）

❋ 2024 年 2 月 27 日，北京队选手金博洋在花样
滑冰表演滑中。（新华社记者胥冰洁摄）

❋ 2024 年 2 月 27 日，北京队选手金博洋在花样
滑冰表演滑中。（新华社记者连振摄）

2024 年 1 月 11 日，参赛选手在速度滑冰公开组
集体出发项目男子决赛中。（官方摄影供图）

❋ 2024 年 1 月 11 日，黑龙江队选手宁忠岩在比赛中。
当日，在第十四届全国冬季运动会速度滑冰公开组
男子 1000 米比赛中，黑龙江队选手宁忠岩获得冠军。
（新华社记者连振摄）

＊ 2024 年 1 月 11 日，参赛选手在比赛中。当日，在第十四届全国冬季运动会速度滑冰公开组女子集体出发决赛中，吉林队选手李奇时以 9 分 16 秒 28 的成绩获得冠军，新疆队选手殷琦和内蒙古队选手李韫媛分别获得亚军、季军。（新华社记者连振摄）

　＊　2024 年 1 月 11 日，选手们在比赛中。当日，在第十四届全国冬季运动会速度滑冰公开组男子集体出发决赛中，辽宁队选手沈晗扬以 8 分 13 秒 00 的成绩获得冠军，新疆队选手叶尔哈那提·阿依提纳马和黑龙江队选手宁忠岩分别获得亚军、季军。（新华社记者连振摄）

　＊　2024 年 1 月 12 日，在第十四届全国冬季运动会速度滑冰公开组男子 500 米比赛中，黑龙江队选手高亭宇以 34 秒 95 的成绩获得冠军。（新华社记者连振摄）

2024 年 1 月 13 日，在第十四届全国冬季运动会速度滑冰公开组女子 3000 米 A 组决赛中，内蒙古队选手韩梅以 4 分 08 秒 33 的成绩夺得冠军。（新华社记者王楷焱摄）

❋ 2024 年 1 月 13 日，新疆队选手田芮宁在比赛中。当日，在第十四届全国
　冬季运动会速度滑冰公开组女子 500 米 A 组决赛中，新疆队选手田芮宁以
　38 秒 39 的成绩获得冠军，黑龙江队选手张丽娜、吉林队选手李奇时分获
　亚军、季军。（新华社记者王楷焱摄）

✳ 2024 年 1 月 13 日，黑龙江队选手宁忠岩（右）在比赛中。当日，在第十四届全国冬季运动会速度滑冰男子 1500 米 A 组决赛中，黑龙江队选手宁忠岩以 1 分 46 秒 28 的成绩获得冠军，辽宁队选手吴宇、沈晗扬分获亚军、季军。（新华社记者连振摄）

* 2024 年 1 月 14 日，黑龙江队三位选手在速度滑冰公开组男子团体追逐项目决赛中。（官方摄影供图）

❄ 2024 年 2 月 24 日，吉林队选手刘昀琪（右）在比赛中。
当日，第十四届全国冬季运动会速度滑冰项目青年组女子
A 组 1000 米决赛中，吉林队选手刘昀琪以 1 分 18 秒 02
的成绩夺得冠军，新疆队选手张邵涵与河北队选手姜佳敏
分获亚军、季军。（新华社记者杨晨光摄）

❅ 2024 年 2 月 25 日，黑龙江队选手刘斌在比赛中。最终，他夺得冠军。当日，在第十四届全国冬季运动会速度滑冰项目青年组男子 500 米 A 组决赛中，黑龙江队选手刘斌夺得冠军，黑龙江队选手张艳鹏、四川队选手姜殿鹏分获亚军和季军。（新华社记者杨晨光摄）

✳ 2024 年 2 月 26 日，黑龙江队选手于诗惠在比赛中。当日，第十四届全国冬季运动会速度滑冰项目青年组女子 500 米 A 组比赛在呼伦贝尔市内蒙古冰上运动训练中心举行，黑龙江队选手于诗惠以 38 秒 96 的成绩获得冠军，新疆队选手王莹莹和吉林队选手邹馨悦分获亚军、季军。（新华社记者杨晨光摄）

✳ 2024 年 2 月 27 日，内蒙古队选手在速度滑冰青年组女子团体追逐决赛中。（官方摄影供图）

❋ 2024 年 1 月 25 日，内蒙古队选手班学福在比赛中。当日，在内蒙古赤峰喀喇沁旗举行的第十四届全国冬季运动会单板滑雪公开组男子平行大回转比赛中，内蒙古队选手班学福、四川队选手秦梓涵、吉林队选手吕美硕分获前三名。（新华社记者刘磊摄）

❋ 2024 年 1 月 30 日，吉林选手张成浩在比赛中。当日，在内蒙古呼伦贝尔市扎兰屯市金龙山滑雪场举行的第十四届全国冬季运动会滑雪登山公开组男子短距离比赛中，吉林选手张成浩获得冠军。（新华社记者王楷焱摄）

新华社记者镜头下的第十四届全国冬季运动会

❋ 2024 年 2 月 17 日，北京队选手王梓阳在比赛中。最终，他以 94.25
分的成绩获得冠军。当日，第十四届全国冬季运动会单板滑雪公开组
男子 U 型场地技巧决赛在内蒙古呼伦贝尔市扎兰屯金龙山滑雪场举行。
（新华社记者贝赫摄）

❋ 2024年2月17日，内蒙古队选手杨昊在比赛中（多重曝光照片）。最终，他以174.75分的成绩获得冠军。当日，第十四届全国冬季运动会自由式滑雪公开组女子大跳台比赛在内蒙古呼伦贝尔市扎兰屯金龙山滑雪场举行。（新华社记者谢剑飞摄）

❄ 2024 年 2 月 18 日，河南队选手曹天晴在比赛中。最终，她以 60.32 分的成绩获得季军。当日，第十四届全国冬季运动会自由式滑雪公开组女子雪上技巧决赛在内蒙古呼伦贝尔市扎兰屯金龙山滑雪场举行。河南队选手郝丽赟以 61.80 分的成绩获得冠军。（新华社记者贝赫摄）

✳ 2024 年 2 月 18 日，北京队选手龙昊在比赛中。最终，他以 65.70 分的成绩
获得冠军。当日，第十四届全国冬季运动会自由式滑雪公开组男子雪上技巧
决赛在内蒙古呼伦贝尔市扎兰屯金龙山滑雪场举行。（新华社记者贝赫摄）

✳ 2024 年 2 月 18 日，河南队选手郝丽赟在比赛中。最终，她以 61.80 分的成
绩获得冠军。当日，第十四届全国冬季运动会自由式滑雪公开组女子雪上技
巧决赛在内蒙古呼伦贝尔市扎兰屯金龙山滑雪场举行。河南队选手郝丽赟以
61.80 分的成绩获得冠军。（新华社记者刘坤摄）

❉ 2024 年 2 月 18 日，河南队选手曹天晴在比赛中。最终，她以 60.32 分的成绩获得季军。当日，第十四届全国冬季运动会自由式滑雪公开组女子雪上技巧决赛在内蒙古呼伦贝尔市扎兰屯金龙山滑雪场举行。河南队选手郝丽赟以 61.80 分的成绩获得冠军。（新华社记者贝赫摄）

❋ 2024 年 2 月 20 日，参赛选手在比赛中。当日，在内蒙古乌兰察布市凉城滑雪场举行的第十四届全国冬季运动会冬季两项公开组男子 15 公里集体出发比赛中，辽宁队选手胡伟耀以 44 分 13 秒 8 的成绩夺得冠军，辽宁队选手李学志和内蒙古队选手渐凯歌分别获得亚军和季军。（新华社记者李志鹏摄）

✱ 2024 年 2 月 20 日，河北队选手褚源蒙（前）在比赛中。
当日，在内蒙古乌兰察布市凉城滑雪场举行的第十四届
全国冬季运动会冬季两项公开组女子 12.5 公里集体出
发比赛中，河北队选手褚源蒙以 41 分 34 秒 4 的成绩
夺得冠军。（新华社记者陈振海摄）

✳ 2024 年 2 月 22 日，辽宁队选手唐佳琳在比赛中。当日，在内蒙古乌兰察布市凉城滑雪场举行的第十四届全国冬季运动会冬季两项公开组女子 4×6 公里接力比赛中，辽宁队以 1 小时 21 分 48 秒 4 的成绩获得冠军，河北队和内蒙古队分获亚军和季军。（新华社记者李志鹏摄）

❄ 2024 年 2 月 20 日，吉林队选手哈斯提尔·阿德力江（右一）和队友波拉夏克·波拉提（右二）、广西队选手邱习杨（左一）、河北队选手肖飞在比赛中。当日，第十四届全国冬季运动会自由式滑雪公开组男子障碍追逐决赛在内蒙古乌兰察布市凉城滑雪场举行，吉林队选手哈斯提尔·阿德力江和波拉夏克·波拉提分获冠、亚军，广西队选手邱习杨获得第三名。（新华社记者赵子硕摄）

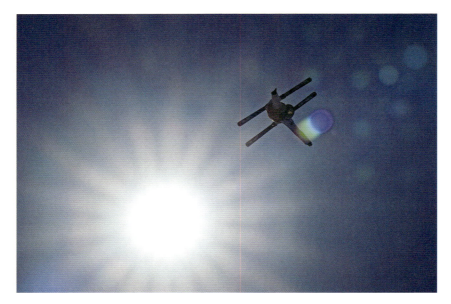

＊ 2024 年 2 月 21 日，黑龙江队选手孔凡钰在比赛中。当日，第十四届全国冬季运动会自由式滑雪公开组女子空中技巧比赛在内蒙古呼伦贝尔市扎兰屯金龙山滑雪场举行。最终，黑龙江队选手孔凡钰获得冠军，内蒙古队选手邵琪和陕西队选手刘宣赤分获亚军和季军。（新华社记者牟宇摄）

＊ 2024 年 2 月 22 日，吉林队选手刘梦婷在比赛中。她以 88.25 分的成绩获得冠军。当日，第十四届全国冬季运动会自由式滑雪公开组女子坡面障碍技巧决赛在内蒙古呼伦贝尔市扎兰屯金龙山滑雪场举行。（新华社记者杨冠宇摄）

✳ 2024 年 2 月 22 日，河北队选手陈雪铮在比赛中。当日，第十四届全国冬季运动会自由式滑雪青年组女子空中技巧比赛在内蒙古呼伦贝尔市扎兰屯金龙山滑雪场举行。河北队选手陈雪铮和沈靖怡分别获得冠军和亚军，吉林队选手王雪获得季军。（新华社记者牟宇摄）

❋ 2024 年 2 月 23 日，山西队选手苏翊鸣在比赛中。当日，第十四届全国冬季运动会单板滑雪公开组男子大跳台决赛在内蒙古呼伦贝尔市扎兰屯金龙山滑雪场举行。山西队选手苏翊鸣以 182.60 分的成绩获得冠军。（新华社记者贝赫摄）

　❋　2024 年 2 月 24 日，河北队选手于圣哲在比赛中。当日，第十四届
　　全国冬季运动会空中技巧青年组混合团体比赛在内蒙古呼伦贝尔扎
　　兰屯金龙山滑雪场举行。由陈雪铮、于圣哲、李心鹏组成的河北队以
　　306.13 分的成绩夺得冠军。（新华社记者杨冠宇摄）

＊ 2024 年 2 月 24 日，山西队选手苏翊鸣在比赛中。
当日，第十四届全国冬季运动会单板滑雪公开组男
子坡面障碍技巧决赛在内蒙古呼伦贝尔市扎兰屯金
龙山滑雪场举行。山西队选手苏翊鸣以 96.60 分的
成绩获得冠军。（新华社记者贝赫摄）

❋ 2024 年 2 月 26 日，黑龙江队选手张可欣在比赛中。
当日，第十四届全国冬季运动会自由式滑雪公开组女
子 U 型场地技巧决赛在内蒙古呼伦贝尔市扎兰屯金龙
山滑雪场举行。黑龙江队选手张可欣以 90.50 分的成
绩获得冠军。（新华社记者杨冠宇摄）

❋ 2024 年 2 月 17 日，蔡雪桐在比赛中。当日，在内蒙
古呼伦贝尔市扎兰屯金龙山滑雪场举行的第十四届全
国冬季运动会单板滑雪公开组女子 U 型场地技巧决赛
中，黑龙江队选手蔡雪桐以 85.75 分的成绩获得冠军，
黑龙江队选手刘佳宇和四川队选手邱冷分获二、三名。
（新华社记者贝赫摄）

❋ 2024 年 2 月 24 日，山西队选手苏翊鸣在比赛中。当日，第十四届全国冬季运动会单板滑雪公开组男子坡面障碍技巧决赛在内蒙古呼伦贝尔市扎兰屯金龙山滑雪场举行。山西队选手苏翊鸣以 96.60 分的成绩获得冠军。（新华社记者贝赫摄）

❋ 2024 年 2 月 24 日，四川队选手何廷佳在比赛中。当日，第十四届全国冬季运动会单板滑雪公开组女子坡面障碍技巧决赛在内蒙古呼伦贝尔市扎兰屯金龙山滑雪场举行。四川队选手何廷佳以 66.20 分的成绩获得冠军。（新华社记者李嘉南摄）

❄ 2024 年 2 月 25 日，新疆队选手赛木哈尔·赛力克在比赛中冲刺。当日，在内蒙古乌兰察布市凉城滑雪场举行的第十四届全国冬季运动会越野滑雪青年组男子个人短距离（传统技术）比赛中，新疆队选手赛木哈尔·赛力克以 3 分 21 秒 22 的成绩获得冠军，吉林队选手古龙择仁、河北队选手马德辉分获亚军、季军。（新华社记者刘磊摄）

2024年2月26日，参赛选手在比赛中（无人机照片）。当日，在内蒙古乌兰察布市凉城滑雪场举行的第十四届全国冬季运动会越野滑雪青年组女子4×5公里接力（2传统技术+2自由技术）比赛中，黑龙江队以59分21秒9的成绩获得冠军，甘肃队和天津队分获亚军、季军。（新华社记者刘磊摄）

❄ 2024 年 1 月 12 日，获得短道速滑青年组 2000
米混合团体接力冠军的吉林队选手张添翼与教练
击掌庆贺夺冠。（官方摄影供图）

＊ 2024 年 1 月 13 日，吉林队选手张添翼（前）在夺冠后庆祝。当日，
在第十四届全国冬季运动会短道速滑青年组男子 500 米 A 组决赛中，
吉林队选手张添翼以 41 秒 274 的成绩获得冠军，吉林队选手李坤
和上海队选手张子夏分获亚军、季军。（新华社记者王楷焱摄）

＊ 2024 年 2 月 18 日，黑龙江队选手范可新冲过终点后庆祝。当日，
第十四届全国冬季运动会短道速滑（公开组）女子 3000 米接力决赛
在内蒙古呼伦贝尔市海拉尔区内蒙古冰上运动训练中心短道速滑馆
举行，黑龙江队以 4 分 13 秒 075 的成绩获得冠军，辽宁队和山东
队分获亚军和季军。（新华社记者连振摄）

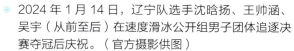 2024 年 1 月 14 日，辽宁队选手沈晗扬、王帅涵、吴宇（从前至后）在速度滑冰公开组男子团体追逐决赛夺冠后庆祝。（官方摄影供图）

＊ 2024 年 2 月 16 日，吉林队选手孙龙冲线后庆祝胜利。当日，
第十四届全国冬季运动会短道速滑（公开组）男子 1500 米决
赛在内蒙古呼伦贝尔市海拉尔区内蒙古冰上运动训练中心短道
速滑馆举行。吉林队选手孙龙以 2 分 12 秒 116 的成绩获得
冠军。（新华社记者李博摄）

✳ 2024 年 2 月 17 日，重庆队选手王强在比赛后庆祝，他以 3 分 10
秒 01 的成绩获得冠军。当日，第十四届全国冬季运动会越野滑雪
公开组男子个人短距离（传统技术）决赛在内蒙古乌兰察布市凉城
滑雪场举行。（新华社记者张晨霖摄）

❋ 2024 年 2 月 20 日，黑龙江队选手巴德鑫（右二）庆祝比赛胜利。当日，第十四届全国冬季运动会冰壶项目公开组混合双人决赛在呼伦贝尔市内蒙古冰上运动训练中心举行。黑龙江队组合巴德鑫／姜懿伦夺冠，福建队组合王智宇／朱泽仰旭、北京队组合凌智／韩雨分获亚军、季军。（新华社记者陈欣波摄）

✳ 2024 年 2 月 21 日，黑龙江队李馨、陈玲双、孟红莲、池春雪（从左至右）在比赛后庆祝。当日，在内蒙古乌兰察布市凉城滑雪场举行的第十四届全国冬季运动会越野滑雪公开组女子 4×5 公里接力（2 传统技术 +2 自由技术）比赛中，黑龙江队以 1 小时 00 分 48 秒 8 的成绩获得冠军，吉林队和新疆队分获亚军和季军。（新华社记者赵子硕摄）

✳ 2024 年 2 月 23 日，冠军山西队选手苏翊鸣（右）与教练佐藤康弘在颁奖仪式上。当日，第十四届全国冬季运动会单板滑雪公开组男子大跳台决赛在内蒙古呼伦贝尔市扎兰屯金龙山滑雪场举行。山西队选手苏翊鸣以 182.60 分的成绩获得冠军。（新华社记者李嘉南摄）

❋ 2024 年 2 月 22 日，辽宁队选手杨连红在比赛结束后庆祝。当日，在内蒙古乌兰察布市凉城滑雪场举行的第十四届全国冬季运动会冬季两项公开组女子 4×6 公里接力比赛中，辽宁队以 1 小时 21 分 48 秒 4 的成绩获得冠军，河北队和内蒙古队分获亚军和季军。（新华社记者陈振海摄）

❋ 2024 年 2 月 23 日，河北队选手闫星元在比赛后庆祝。当日，在内蒙古乌兰察布市凉城滑雪场举行的第十四届全国冬季运动会冬季两项公开组混合接力（4×6 公里）比赛中，河北队以 1 小时 12 分 38 秒 9 的成绩获得冠军。（新华社记者李志鹏摄）

❋ 2024 年 2 月 24 日，冠军山西队选手苏翊鸣在颁奖仪式上亲吻金牌。当日，第十四届全国冬季运动会单板滑雪公开组男子坡面障碍技巧决赛在内蒙古呼伦贝尔市扎兰屯金龙山滑雪场举行。山西队选手苏翊鸣以 96.60 分的成绩获得冠军。（新华社记者李嘉南摄）

❋ 2024 年 2 月 25 日，获得花样滑冰公开组女子单人滑自由滑金银铜牌的四川选手金书贤（中）、北京选手安香怡（左）、吉林选手张梦琪在颁奖仪式上。（官方摄影供图）

❋ 2024 年 2 月 26 日，北京队球员在终场哨声吹响后庆祝夺冠。当日，在内蒙古呼伦贝尔市海拉尔区内蒙古冰上运动训练中心冰球冰壶馆举行的第十四届全国冬季运动会青年组女子冰球决赛中，北京队 3 比 1 战胜四川队夺得冠军。（官方摄影供图）

＊ 2024 年 2 月 26 日，北京队选手金博洋在颁奖典礼展示他在
本次全国冬季运动会中取得的两枚金牌。当日，在内蒙古呼伦
贝尔市海拉尔区内蒙古冰上运动训练中心举行的第十四届全国
冬季运动会男子单人滑比赛中，北京队选手金博洋以 267.49
分的总成绩夺得冠军。（新华社记者连振摄）

＊ 2024 年 2 月 26 日，北京队选手金博洋在男子单人滑自由滑比赛结束后。当日，在内蒙古呼伦贝尔市海拉尔区内蒙古冰上运动训练中心举行的第十四届全国冬季运动会男子单人滑比赛中，北京队选手金博洋以 267.49 分的总成绩夺得冠军。（新华社记者黄伟摄）

＊ 2024 年 2 月 26 日，获得花样滑冰公开组冰上舞蹈自由舞比赛冠亚季军的北京队组合王诗玥／柳鑫宇（中）、黑龙江队组合陈溪梓／邢珈宁（左）和广东队组合肖紫兮／何凌昊在颁奖仪式上合影。（官方摄影供图）

❄ 2024 年 2 月 26 日，获得前三名的球队在颁
奖仪式上合影。当日，在内蒙古呼伦贝尔市海
拉尔区内蒙古冰上运动训练中心冰球冰壶馆举
行的第十四届全国冬季运动会青年组女子冰球
决赛中，北京队 3 比 1 战胜四川队夺得冠军。
（官方摄影供图）

＊ 2024年2月27日，北京队选手丛振龙（右）在夺冠后庆祝。当日，第十四届全国冬季运动会速度滑冰项目青年组男子团体追逐决赛在呼伦贝尔市内蒙古冰上运动训练中心举行，北京队夺得冠军，河北队、吉林队分获亚军、季军。（新华社记者杨晨光摄）

＊ 2024年2月26日，获得速度滑冰青年组男子1500米比赛冠军的河北队选手李文淏在赛后庆祝。（官方摄影供图）

新华社记者镜头下的第十四届全国冬季运动会

＊ 2024 年 2 月 26 日，冠军黑龙江队选手张可欣（中）、亚军山东队选手李方慧（左）和季军河北队选手刘沁源在领奖台上。当日，第十四届全国冬季运动会自由式滑雪公开组女子 U 型场地技巧决赛在内蒙古呼伦贝尔市扎兰屯金龙山滑雪场举行。（新华社记者谢剑飞摄）

✳ 2024 年 2 月 27 日，北京队员在赛后向观众致谢。当日，第十四届全国冬季运动会公开组女子冰壶决赛在内蒙古呼伦贝尔市海拉尔区内蒙古冰上运动训练中心举行。最终，北京队以 9 比 5 战胜天津队夺得冠军。（官方摄影供图）

※ 2024 年 2 月 27 日，冠军北京队（中）、亚军河北队（左）和
季军吉林队在颁奖仪式上合影。当日，第十四届全国冬季运动会
速度滑冰项目青年组男子团体追逐决赛在呼伦贝尔市内蒙古冰上
运动训练中心举行，北京队夺得冠军，河北队、吉林队分获亚军、
季军。（新华社记者杨晨光摄）

✳ 2024年2月27日，表演滑结束后，花滑运动员们在赛场合影。（新华社记者胥冰洁摄）

✳ 2024 年 2 月 27 日，获得公开组女子冰壶冠军的
  北京队（中）、亚军天津队（左）和季军黑龙江队
  在颁奖仪式上合影。（新华社记者陈欣波摄）

❋ 2024 年 2 月 21 日，冠军黑龙江队选手孔凡钰（中）、亚军内蒙古队选手邵琪（左）和季军陕西队选手刘宣赤在颁奖仪式上合影。当日，第十四届全国冬季运动会自由式滑雪公开组女子空中技巧比赛在内蒙古呼伦贝尔市扎兰屯金龙山滑雪场举行。最终，黑龙江队选手孔凡钰获得冠军，内蒙古队选手邵琪和陕西队选手刘宣赤分获亚军和季军。（新华社记者杨冠宇摄）

团队力量

❋ 2024 年 1 月 14 日，天津队选手杨滨瑜（右）在
比赛中。当日，在第十四届全国冬季运动会速度
滑冰公开组女子团体追逐 A 组决赛中，天津队以
3 分 03 秒 32 的成绩获得冠军，吉林队和新疆队
分获亚军、季军。（新华社记者连振摄）

＊ 2024 年 2 月 18 日，吉林队选手任浩博（左一）、韩天宇（左三）、贾海东（左四）在夺冠后庆祝。当日，在内蒙古呼伦贝尔市海拉尔区内蒙古冰上运动训练中心短道速滑馆举行的第十四届全国冬季运动会短道速滑公开组男子 5000 米接力决赛中，吉林队以 6 分 46 秒 211 的成绩夺得冠军，天津队和黑龙江队分别获得亚军和季军。（新华社记者连振摄）

* 2024 年 2 月 25 日，四川选手金书贤和教练在看到成绩后开心
庆祝。当日，第十四届全国冬季运动会花样滑冰公开组女子单
人滑自由滑比赛在内蒙古呼伦贝尔市海拉尔区内蒙古冰上运动
训练中心举行。（官方摄影供图）

※ 2024 年 2 月 26 日，观众在场边为北京队选手金博洋加油。（新华社记者胥冰洁摄）

＊ 2024 年 2 月 24 日，黑龙江队组合张思阳、杨泳超（左）在赛后相拥。最终，他们以 66.15 分的成绩位列花样滑冰（公开组）双人滑短节目项目第二。（新华社记者胥冰洁摄）

※ 2024 年 2 月 26 日，裁判员（右一）宣布进球有效，四川队球员庆祝得分。当日，在内蒙古呼伦贝尔市海拉尔区内蒙古冰上运动训练中心冰球冰壶馆举行的第十四届全国冬季运动会青年组女子冰球决赛中，北京队 3 比 1 战胜四川队夺得冠军。（官方摄影供图）

❋ 2024 年 2 月 26 日，福建队选手臧嘉亮（左二）
在冰壶公开组男子金牌赛间隙与队友商讨战术。
（官方摄影供图）

❋ 2024 年 2 月 26 日，黑龙江队选手周景丽（右）和
李婕在比赛中进行接力。当日，在内蒙古乌兰察布
市凉城滑雪场举行的第十四届全国冬季运动会越野
滑雪青年组女子 4×5 公里接力（2 传统技术 +2 自
由技术）比赛中，黑龙江队以 59 分 21 秒 9 的成绩
获得冠军。（新华社记者赵子硕摄）

2024 年 2 月 26 日，辽宁队球员在比赛前。当日，在内蒙古冰上运动训练中心冰球馆举行的第十四届全国冬季运动会冰球项目女子青年组铜牌赛中，辽宁队 6 比 0 战胜河北队，获得季军。（新华社记者李欣摄）

✳ 2024 年 2 月 26 日，辽宁队球员庆祝比赛胜利。当日，在内蒙古冰上运动训练中心冰球馆举行的第十四届全国冬季运动会冰球项目女子青年组铜牌赛中，辽宁队 6 比 0 战胜河北队，获得季军。（新华社记者邓华摄）

* 2024 年 2 月 27 日，北京队球员庆祝夺冠。当日，在内蒙古呼伦贝尔市海拉尔区内蒙古冰上运动训练中心冰球冰壶馆举行的第十四届全国冬季运动会青年组男子冰球金牌争夺赛中，北京队以 5 比 2 战胜黑龙江队，摘得金牌。（官方摄影供图）

＊ 2024 年 2 月 27 日，北京队选手丛振龙（右）和刘瀚彬在比赛中。当日，第十四届全国冬季运动会速度滑冰项目青年组男子团体追逐决赛在呼伦贝尔市内蒙古冰上运动训练中心举行，北京队夺得冠军，河北队、吉林队分获亚军、季军。（新华社记者杨晨光摄）

＊ 2024 年 2 月 27 日，北京队选手姜嘉怡（右）、赵芮伊（中）在比赛中。当日，第十四届全国冬季运动会冰壶项目公开组女子决赛在呼伦贝尔市内蒙古冰上运动训练中心举行。北京队 9 比 5 战胜天津队，夺得冠军。（新华社记者陈欣波摄）

✳ 2024 年 2 月 27 日，河北队选手李禹豪晨（右）、
王泽槟（中）和张建在速度滑冰项目青年组男子团
体追逐决赛中获得亚军。（新华社记者杨晨光摄）

※ 2024 年 2 月 27 日，内蒙古队选手在
速度滑冰青年组女子团体追逐决赛中。
（官方摄影供图）

✳ 2024 年 2 月 27 日，四川队选手在速度滑冰青年组女子团体追逐决赛中。当日，第十四届全国冬季运动会速度滑冰青年组女子团体追逐决赛在内蒙古呼伦贝尔市海拉尔区内蒙古冰上运动训练中心举行，四川队夺冠，河北队、吉林队分别收获亚军和季军。（官方摄影供图）

❋ 2024 年 2 月 27 日，陕西队球员在赛后庆祝胜利。当日，
在内蒙古冰上运动训练中心冰球馆举行的第十四届全国
冬季运动会冰球项目男子青年组铜牌赛中，陕西队 8 比
1 战胜内蒙古队，获得季军。（新华社记者邓华摄）

❄ 2024 年 2 月 26 日，冰壶项目裁判员在公开组
女子冰壶决赛中执裁。（官方摄影供图）

❄ 2024 年 2 月 17 日，裁判员代表团在开
幕式上入场。（新华社记者胥冰洁摄）

❋ 2024 年 2 月 26 日，在内蒙古呼伦贝尔市扎兰屯金龙山滑雪场，裁判组工作人员对自由式滑雪 U 型场地做赛前检查。（官方摄影供图）

❋ 2024 年 1 月 10 日，冰壶项目裁判员在比赛前对场地、器材进行校准、测试。
（官方摄影供图）

❋ 2024 年 2 月 20 日，"十四冬"消防安保前方指挥部
工作人员在主媒体中心办公。（官方摄影供图）

※ 2024 年 2 月 20 日拍摄的"十四冬"主媒
体中心媒体服务台。（官方摄影供图）

INNER
MONGOLIA **2024**
第十四届全国冬季运动会

新华社记者镜头下的
第十四届全国冬季运动会

亮丽
北疆

✳ 2023 年 12 月 17 日，人们在现场观看冰雪那达慕开幕式。当日，内蒙古自治区第二十届冰雪那达慕在内蒙古呼伦贝尔市陈巴尔虎旗呼和诺尔景区开幕。本届那达慕以"喜迎十四冬·遇见那达慕"为主题，将持续至 2024 年 1 月上旬。（新华社记者王楷焱摄）

❄ 2023 年 12 月 17 日，选手在耐力赛马比赛中
冲刺。（新华社记者王楷焱摄）

❄ 2023 年 12 月 17 日，选手在耐力赛马比赛中。
（新华社记者贝赫摄）

2023 年 12 月 17 日，赛马选手在开幕式上入场。当日，以"喜迎十四冬·遇见那达慕"为主题的内蒙古自治区第二十届冰雪那达慕在呼伦贝尔市陈巴尔虎旗呼和诺尔景区开幕。（新华社记者王楷焱摄）

❋ 2023 年 12 月 17 日，选手在通克比赛中。（新华社记者王楷焱摄）

❋ 2024 年 1 月 15 日，布赫·巴雅尔在练习滑雪技巧。39 岁的蒙古族青年布赫·巴雅尔生活在内蒙古呼伦贝尔市新巴尔虎左旗，是一名单板滑雪爱好者。每年雪季，布赫·巴雅尔每天都会拿出两个小时滑雪，周末还会开车到数十公里外的天然雪场磨练技艺。经过五年的练习，布赫·巴雅尔的滑雪技术不断提高，并在国内大型滑雪赛事上获得了名次。在周边的牧民眼中，他是名副其实的草原滑雪"头号玩家"。（新华社记者彭源摄）

✻ 2024 年 2 月 18 日，礼仪志愿者在扎兰屯赛区颁奖仪式上。2024 年 2 月 17 日，第十四届全国冬季运动会在内蒙古自治区呼伦贝尔市开幕。在"十四冬"赛场内外，有一群默默奉献的志愿者，他们被大家亲切地称为"小雪团"。各赛区志愿者在接待保障、礼仪、竞赛服务、安全保障、兴奋剂检测、场地器材服务等岗位提供志愿服务，为运动员、观众、媒体、工作人员送去温暖。（新华社记者龙雷摄）

2023 年 12 月 17 日，选手在赛骆驼比赛中。
（新华社记者贝赫摄）

❊ 2023 年 12 月 27 日，游客在呼和浩特市马鬃山滑雪场穿戴雪具。近年来，呼和浩特市积极发挥区位和气候条件优势，不断完善冰雪产业基础设施建设，持续丰富冰雪文旅产品种类，推动"冷资源"变为"热经济"，促进冰雪经济发展，激发冬季消费市场活力。（新华社记者李志鹏摄）

❊ 2024 年 1 月 10 日，内蒙古队运动员在东河冰场训练。第十四届全国冬季运动会群众比赛于 1 月 13 日至 14 日在内蒙古呼和浩特市东河冰场举行，比赛设置速度滑冰、越野滑雪两个大项。（新华社记者贝赫摄）

❄ 2023 年 12 月 27 日，游客在呼
和浩特市马鬃山滑雪场穿戴雪具。
（新华社记者李志鹏摄）

❋ 2023 年 12 月 27 日拍摄的呼和浩特市马鬃山滑雪场（无人机照片）。
近年来，内蒙古自治区呼和浩特市积极发挥区位和气候条件优势，不
断完善冰雪产业基础设施建设，持续丰富冰雪文旅产品种类，推动"冷
资源"变为"热经济"，促进冰雪经济发展，激发冬季消费市场活力。
（新华社记者李志鹏摄）

✳ 2024 年 1 月 18 日，市民在活动启动仪式现场进行"彩带龙"表演。当日是第十四届全国冬季运动会开幕倒计时 30 天。"当好东道主 助力十四冬"内蒙古全民线上徒步活动在内蒙古呼和浩特市的内蒙古赛马场举行。市民在活动现场参与徒步、滑冰车、骑冰上自行车等活动，享受大众冰雪运动带来的快乐。群众冰雪运动再度升温。（新华社记者贝赫摄）

✳ 2024 年 1 月 18 日，市民在内蒙古赛马场滑雪圈。
（新华社记者贝赫摄）

❋ 2024 年 1 月 18 日，一位市民在内蒙古赛马场参加徒步活动。（新华社记者贝赫摄）

※ 2024 年 2 月 1 日，小朋友与家长在呼和浩特市东河冰场参与冰雪亲子趣味运动会。当日，2024 呼和浩特市冰雪亲子趣味运动会在内蒙古呼和浩特市东河冰场举办，小朋友与家长参与趣味项目，畅享冰雪乐趣。（新华社记者李志鹏摄）

❋ 2024 年 2 月 1 日，小朋友与家长在呼和
浩特市东河冰场参与冰雪亲子趣味运动
会。（新华社记者李志鹏摄）

❋ 2024 年 2 月 1 日，
小朋友在呼和浩特市
东河冰场参与冰雪亲
子趣味运动会。（新
华社记者李志鹏摄）

新华社记者镜头下的第十四届全国冬季运动会

※ 2021 年 12 月 14 日，游客在鄂尔多斯市东胜区九成宫滑雪场体验雪上运动。内蒙古鄂尔多斯市积极营造全社会参与冰雪运动的良好氛围，持续推动冰雪运动发展，让广大群众共享冰雪运动乐趣。（新华社记者彭源摄）

※ 2021 年 12 月 14 日，游客在鄂尔多斯市东胜区九成宫滑雪场体验雪上运动。（新华社记者彭源摄）

✳ 2024 年 1 月 18 日，市民在呼伦贝尔市伊敏河冬泳健身。当日是第十四届全国冬季运动会开幕倒计时 30 天。"十四冬"举办地内蒙古呼伦贝尔市举办了丰富多彩的全民健身活动，迎接盛会的到来。群众冰雪运动再度升温。（新华社记者刘磊摄）

✳ 2023 年 12 月 16 日，市民在首届呼伦贝尔·海拉尔冰雪产品冬季展销会上体验冰壶。（新华社记者王楷焱摄）

✻ 2023 年 11 月 18 日，牧民在开幕式上表演套马。当日，
首届"蒙古马精神杯"中国马都锡林郭勒蒙古马超级联赛
在内蒙古锡林郭勒盟西乌珠穆沁旗开幕。赛事设置 15 公
里耐力赛和 6000 米团队接力赛两个项目，逾 200 名骑手
报名参赛。（新华社记者彭源摄）

❄ 2023 年 11 月 18 日，参赛骑手在 15 公里耐力赛中。当日，首届"蒙古马精神杯"中国马都锡林郭勒蒙古马超级联赛在内蒙古锡林郭勒盟西乌珠穆沁旗开幕。（新华社记者彭源摄）

✷ 2024年1月9日，参赛选手在15公里骆驼速度赛中。当日，被称为"中国骆驼文化之乡"的内蒙古锡林郭勒盟苏尼特右旗举办冬季旅游那达慕暨第十四届骆驼文化节。活动现场举办了15公里骆驼速度赛、骆驼选美等活动。（新华社记者刘磊摄）

✳ 2024 年 1 月 27 日，参赛骑手在 15 公里耐力赛中。当日，以"燃情冰雪 逐梦马超"为主题的首届"蒙古马精神杯"锡林郭勒蒙古马超级联赛总决赛在内蒙古锡林郭勒盟锡林浩特市开赛。（新华社记者彭源摄）

✳ 2024 年 1 月 9 日，牧民牵着骆驼参加骆驼选美比赛。当日，被称为"中国骆驼文化之乡"的内蒙古锡林郭勒盟苏尼特右旗举办冬季旅游那达慕暨第十四届骆驼文化节。活动现场举办了 15 公里骆驼速度赛、骆驼选美等活动。（新华社记者彭源摄）

✳ 2024 年 1 月 27 日，参赛骑手在 6 公里团队接力赛中。当日，以"燃情冰雪 逐梦马超"为主题的首届"蒙古马精神杯"锡林郭勒蒙古马超级联赛总决赛在内蒙古锡林郭勒盟锡林浩特市开赛。（新华社记者彭源摄）

✳ 2023 年 12 月 14 日，游客在阿尔山市雪村内游玩。内蒙古兴安盟阿尔山市拥有丰富的冰雪资源，近年来，当地打造了氧心森林浴道、森林雪野、森林牧场、雪村等新兴旅游景区，并于 12 月 23 日举办第十八届阿尔山冰雪节，吸引游客前来赏雪游玩。（新华社记者王楷焱摄）

❋ 2023 年 12 月 14 日，游客在内蒙古兴安
　盟阿尔山市森林牧场景区与梅花鹿互动。
　（新华社记者贝赫摄）

❋ 2023 年 12 月 14 日，游客在内蒙古兴安盟阿尔山市森林
　雪野景区体验雪地摩托。（新华社记者贝赫摄）

2023 年 12 月 14 日，游客在阿尔山市雪雕园内游览。（新华社记者王楷焱摄）

❄ 2023 年 12 月 14 日在内蒙古兴安盟
阿尔山市森林牧场景区拍摄的骆驼。
（新华社记者贝赫摄）

＊ 2023 年 12 月 14 日在内蒙古兴安盟阿尔山市森林牧场景区拍摄的马。（新华社记者贝赫摄）

❋ 2023 年 12 月 14 日拍摄的阿尔山市夜景。
（新华社记者王楷焱摄）

❅ 2023 年 1 月 26 日，内蒙古巴彦淖
尔市群众在参与冰上曲棍球运动。
（新华社记者李云平摄）

❅ 2023 年 1 月 26 日，人们在内蒙古巴
彦淖尔市临河区多蓝湖滑雪场滑雪。
（新华社记者李云平摄）

❋ 2023 年 6 月 29 日，游客们在草原上乘坐勒勒车。正值夏日，内蒙古呼伦贝尔大草原全面返青，景色宜人。（新华社记者连振摄）

✳ 2023 年 6 月 29 日，牛群在草原上觅食。正值夏日，内蒙古呼伦贝尔大草原全面返青，景色宜人。（新华社记者连振摄）

✽ 2023 年 7 月 1 日拍摄的莫尔格勒河景色（无人机照片）。夏日，位于内蒙古呼伦贝尔市陈巴尔虎旗境内的莫尔格勒河蜿蜒曲折，如飘落在草原上的一条丝带，美不胜收。（新华社记者连振摄）

❋ 2023 年 6 月 29 日拍摄的蒙兀室韦苏木风光（无人机照片）。近年来，蒙兀室韦苏木依托自身地理及人文优势，积极打造包括田园风光、景观农业、边境民俗等在内的旅游综合体，积极发展生态旅游，逐步成为呼伦贝尔热门旅游地。（新华社记者连振摄）

✳ 2023 年 7 月 29 日拍摄的免渡河国家湿地公园景色
（无人机照片）。夏日时节，位于内蒙古自治区呼
伦贝尔市牙克石市的免渡河国家湿地公园郁郁葱葱，
景色优美。（新华社记者李志鹏摄）

❋ 2023 年 7 月 29 日拍摄的牙克石市凤凰山景区风光（无人机照片）。
夏日时节，内蒙古自治区呼伦贝尔市牙克石市凤凰山景区草木葱茏，
景色宜人，吸引游客前来游玩。（新华社记者李志鹏摄）

* 2023 年 7 月 11 日，游客在流经扎兰屯市南木鄂伦春民族乡的雅鲁河上乘船漂流（无人机照片）。夏日时节，位于内蒙古呼伦贝尔市的扎兰屯市气候宜人，景色秀美，吸引不少游客前来避暑游玩。（新华社记者贝赫摄）

❄ 2024 年 1 月 18 日，市民在呼伦贝尔市两河圣山景区的
  冰面上玩耍。（新华社记者刘磊摄）

新华社记者镜头下的第十四届全国冬季运动会

❋ 2023 年 12 月 16 日在额尔敦达来家草
场上拍摄的落日风光（无人机照片）。
（新华社记者贝赫摄）

❋ 2023 年 12 月 15 日，居住在内蒙古呼伦贝尔市陈巴尔虎旗的牧民
乃日嘎（右）和伊吉力在草原上骑马训练。（新华社记者贝赫摄）

✻ 2024 年 1 月 19 日，一名家长带着孩子参加雪地两人三足跑比赛。当日，第十届全国大众冰雪季呼伦贝尔市中心城区趣味运动会在海拉尔河西新区拉开帷幕。市民们在活动现场参与雪地爬犁、投壶、扳棍等比赛。（新华社记者连振摄）

＊ 2024 年 1 月 19 日，一名儿童参加雪地投壶比赛。
当日，第十届全国大众冰雪季呼伦贝尔市中心城
区趣味运动会在海拉尔河西新区拉开帷幕。市民
们在活动现场参与雪地爬犁、投壶、扳棍等比赛。
（新华社记者连振摄）

＊ 2024年1月19日，一名儿童参加雪地袋鼠跳比赛。当日，
第十届全国大众冰雪季呼伦贝尔市中心城区趣味运动会
在海拉尔河西新区拉开帷幕。市民们在活动现场参与雪
地爬犁、投壶、扳棍等比赛。（新华社记者连振摄）

✳ 2024 年 1 月 19 日，孩子们参加雪地拉爬犁比赛。当日，第十届全国大众冰雪季呼伦贝尔市中心城区趣味运动会在海拉尔河西新区拉开帷幕。（新华社记者连振摄）

❋ 2024 年 1 月 29 日，滑雪爱好者在扎兰屯市金龙山滑雪场滑雪。（新华社记者王楷焱摄）

　　　　　　　　　新华社记者镜头下的第十四届全国冬季运动会

✳ 2024 年 1 月 18 日，呼伦贝尔市海拉尔区第七中学的学生们在校园里滑冰。当日是第十四届全国冬季运动会开幕倒计时 30 天。"十四冬"举办地内蒙古呼伦贝尔市举办了丰富多彩的全民健身活动，迎接盛会的到来。（新华社记者刘磊摄）

✳ 2024 年 1 月 29 日，一名全冬会工作人员在扎兰屯市一文创产品店选购商品。（新华社记者王楷焱摄）

✳ 2024 年 2 月 27 日在海拉尔拍摄的"盛世庆盛会 奋楫再出发"2024龙年惠民烟花秀演。当晚，第十四届全国冬季运动会闭幕式在内蒙古呼伦贝尔市海拉尔区举行。（官方摄影供图）

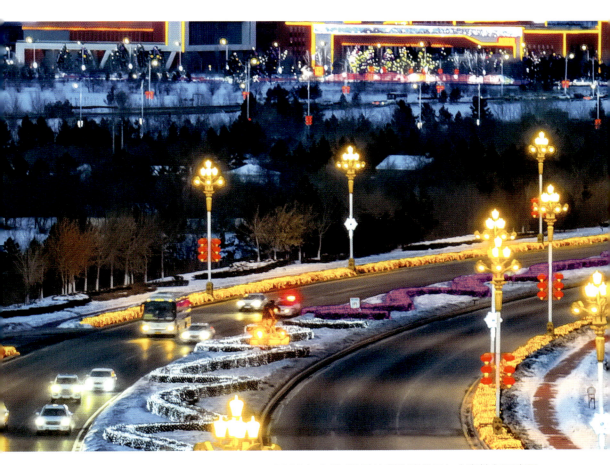

❅ 2024 年 2 月 15 日拍摄的呼伦贝尔市海拉尔区夜景
（无人机照片）。（官方摄影供图）

＊ 2023 年 12 月 30 日，游客在卓资县林胡古塞景区参观游玩。当日，内蒙古乌兰察布市卓资县冰雪文化旅游季暨林胡古塞冰雪民俗风情节在卓资县林胡古塞景区开幕。该活动围绕"滑雪、玩水、看熊猫、吃杀猪菜"4 个特色元素，将冰雪旅游与民俗体验相融合，吸引游客前来参观游玩。（新华社记者贝赫摄）

❋ 2023 年 12 月 30 日，游客在卓资县林胡古塞景区滑雪圈。（新华社记者贝赫摄）

❋ 2023 年 12 月 30 日，游客在卓资县林胡古塞景区观看演出。（新华社记者贝赫摄）

❀ 位于乌兰察布市察哈尔右翼中旗的恒润风电场。近年来，内蒙古自治区乌兰察布市依托丰富的风、光资源，有序推进新能源产业发展，逐步构建起清洁低碳、安全高效的现代能源体系，实现经济增长和生态效益的共同发展。（新华社记者李志鹏摄）

新华社记者镜头下的第十四届全国冬季运动会

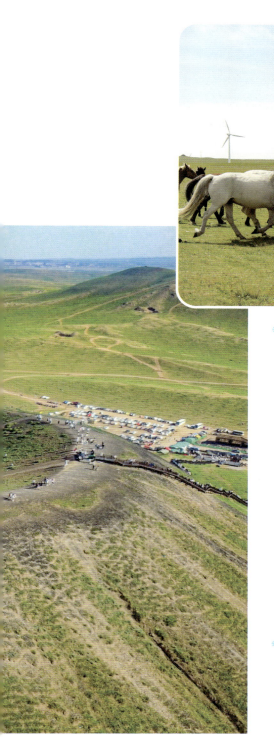

＊ 图为 2022 年 9 月 2 日拍摄的辉腾锡勒草原旅游区内的马群。初秋时节，位于内蒙古自治区乌兰察布市察哈尔右翼中旗的辉腾锡勒草原旅游区秋色渐浓，景色优美。（新华社记者李志鹏摄）

＊ 图为 2023 年 8 月 6 日拍摄的内蒙古乌兰察布市察哈尔右翼后旗草原上的火山景观（无人机照片）。乌兰哈达火山群位于内蒙古自治区乌兰察布市察哈尔右翼后旗的草原上，这里集聚着草原火山群、熔岩地貌等地质景观，吸引了众多游客前来消夏游玩。（新华社记者彭源摄）

图为 2023 年 8 月 6 日拍摄的内蒙古乌兰察布市察哈尔右翼后旗草原上的火山景观（无人机照片）。乌兰哈达火山群位于内蒙古自治区乌兰察布市察哈尔右翼后旗的草原上，这里集聚着草原火山群、熔岩地貌等地质景观，吸引了众多游客前来消夏游玩。（新华社记者彭源摄）

2023 年 6 月 16 日，牲畜在草原上觅食。阿鲁科尔沁旗巴彦温都尔苏木的夏牧场迎来放牧黄金季节，绿色草原绵延不绝，在牛羊、毡房的点缀下更加多姿多彩。（新华社记者连振摄）

✳ 2023 年 6 月 16 日，在阿鲁科尔沁旗巴彦温都尔苏木浑都伦游
牧区，牲畜在草原上觅食。阿鲁科尔沁旗巴彦温都尔苏木的夏牧
场迎来放牧黄金季节，绿色草原绵延不绝，在牛羊、毡房的点缀
下更加多姿多彩。（新华社记者连振摄）

✳ 图为内蒙古赤峰市喀喇沁旗马鞍山村景色
（无人机照片）。（新华社记者刘磊摄）

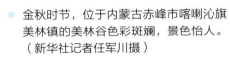

❋ 金秋时节，位于内蒙古赤峰市喀喇沁旗
美林镇的美林谷色彩斑斓，景色怡人。
（新华社记者任军川摄）

❉ 2024 年 1 月 13 日，舞龙队在内蒙古达里湖冬捕旅
游季开幕式上为游客表演。日前，内蒙古达里湖冬捕
旅游季在赤峰市克什克腾旗拉开帷幕。此次活动包括
祭湖仪式、开湖捕鱼、文艺展演等多个项目，吸引众
多游人前来观看。（新华社记者彭源摄）

✳ 2024 年 1 月 21 日拍摄的赤峰市喀喇沁旗美林谷滑雪场
景色（无人机照片）。（官方摄影供图）

※ 2024 年 1 月 21 日拍摄的赤峰市喀喇沁旗美林谷滑雪场景色（无人机照片）。（官方摄影供图）